MW00883715

10 Bed-Time Stories in Spanish and English with audio.

Spanish for Kids – Learn Spanish with Parallel English Text Volume 2

Illustrated by Leo Avero

Contents / Contenidos

Introduction

Hello, young reader!

Are you ready to go on a fun reading adventure? Reading stories is already a magical activity on its own. But do you know what's even better? The stories also help you learn a new language.

Well, this book can do just that. Super cool, right?

In this amazing book, you will find ten short stories that will:

- Take you on exciting adventures
- Help you become better at understanding English and Spanish
- Teach you to be a better listener with the narrated versions of the stories.

So, get ready to meet magical new characters and prepare to go on exciting quests.

Ready for your adventure? Turn the page and let's begin!

A Foreword for Parents

Congratulations on getting this book! Raising your kid to be bilingual is not an easy task. Buying this book, however, is one of the first steps you can take to help you towards that goal.

So, what exactly can you expect from this book?

- **You'll find ten different stories designed to be read by kids from ages 7 to 12.** Featuring a wide array of fun themes touching on dreams, quests, magic, and fantasy, you can rest assured that the material in this book is suited for children and is appropriate for your child's age.

- **The stories are written in parallel text.** Each paragraph is written in both Spanish and English — first in Spanish, then in English. You can also read the stories in Spanish only or in English only.

- **There is free audio material provided with this book.** You can access the audio at the end of the book. There are two audio files available: One in English, narrated by a native English speaker, and another in Spanish, narrated by a Spanish native speaker. The audio is designed to be a perfect supplement to help readers learn the correct pronunciation and improve their listening skills as well.

This book is suitable for your children, but the best part is you can enjoy it, too! Whether you want to improve your Spanish (or English) as well, or you are simply in it for the joy of reading a story, this book is also great for adults.

So, enjoy this with your children or on your own — either way, you are surely in for a great time!

Vacaciones en el Mar – *Vacation At Sea*

The Link To Download The Audio Is Available Page 68.

A Olivier le gustan mucho las vacaciones. Durante las vacaciones, no es necesario levantarse temprano para ir a la escuela. No hay tareas y puede pasar el tiempo jugando a todo tipo de juegos. A Olivier también le gusta pasar el tiempo con su familia. Su padre y su hermana, Maddie, juegan al fútbol con él. Él y su madre arman rompecabezas y hacen esculturas de arcilla.

Olivier really likes vacations. During vacations, it is not necessary to wake up early to go to school. There is no homework and he can pass the time playing all sorts of games. Olivier also likes to spend time with his family. His father and sister, Maddie, play football with him. He and his mother do puzzles and make sculptures with molding clay.

1

Esta vez, las vacaciones fueron diferentes. Su familia entera se fue a acampar cerca de la playa. Cuando él era muy pequeño, él y su familia fueron de vacaciones a la playa, pero habían pasado muchos años y él era muy pequeño para recordarlo.

This time, the vacation was different. His entire family went on a vacation in a camper near the beach. When he was very small, him and his family had vacations at the beach, but it had been many years and he is too small to remember.

Fue necesario primero preparar sus cosas y luego subirlas al baúl de su coche. Después, pasaron muchas horas conduciendo el coche hacia la playa. Toda la familia cantaba en el coche. Se detuvieron a mitad del camino para comer. Olivier durmió durante mucho tiempo. A pesar de que el viaje era largo y cansado, eso no desanimó a Olivier porque él si estaba ansioso por ver el mar.

It was necessary to first prepare the belongings and load them up in the car's trunk. Then, they spent many hours in the car driving to the beach. In the car, the entire family sang. They stopped on the way to eat. Olivier also slept for a long time. Even though the trip was long and tiring, that did not discourage Olivier because he was really looking forward to seeing the sea.

Tan pronto como llegaron al campamento, se apresuraron a sacar sus cosas del baúl del coche. Todos se pusieron sus trajes de baño y cogieron una toalla de playa. Solo les tomó unos minutos el llegar a la orilla. Antes de llegar al mar, Olivier escuchó las olas.

As soon as they arrived to the camp ground, they hurried to empty the car's trunk. Everyone then put on their bathing suits and took a beach towel. It only took a few minutes to walk to the beach. Before even seeing the sea, Olivier heard the waves.

"¿Nos metemos?", preguntó Maddie.

"Should we go in?" Maddie asked.

Maddie y Olivier empezaron a correr. Llegando a la playa, Olivier estaba maravillado. El mar era inmenso y azul. Había mucha gente. Su familia encontró un lugar donde asentarse. Olivier y Maddie se quitaron su ropa rápidamente. Su padre infló los flotadores para Olivier y se los puso en sus brazos. Maddie no los necesitaba porque ella sabía cómo nadar.

Maddie and Olivier began to run. Coming to the beach, Olivier was amazed. The sea was immense and all blue. There were a lot of people. The family found a place to settle down. Olivier and Maddie took off their clothes very quickly. Their father blew up the buoys for Olivier and he put them on his arms. Maddie did not need the buoy because she knew how to swim.

La arena estaba cálida y suave debajo de los pies de Olivier. Él quería mucho entrar al agua, pero su madre quería que primero se pusiera protección solar. Finalmente, pudo entrar al agua. Estaba fresca y agradable. Él y su hermana jugaron por mucho tiempo. Se salpicaban agua, riéndose. Maddie también le enseñó cómo flotar en el agua.

The sand was warm and soft under Olivier's feet. He really wanted to go in the water, but his mother first wanted him to put sunscreen on. At last, he could enter the water. It was fresh and agreeable. He and his sister played for a long time. They splashed around, laughing. Maddie also showed him how to float on the water.

"Olivier, ¿te gustaría caminar por la playa?" Le preguntó Maddie.

"Sí, claro." Respondió Olivier.

"En ese caso, preguntémosle a papá para que nos acompañe"

"Olivier, are you up for a walk on the beach?" Maddie asked him.

"Yes, for sure," responded Olivier.

"In that case, let's go ask Dad to accompany us."

Después de unos minutos, el padre y los dos niños empezaron a caminar a lo largo de la playa. Repentinamente, Olivier vio cómo se movían unas cosas pequeñas en la arena. Se acercó a ellas, pero no vio nada en el agujero.

After a few minutes, the father and two children started to walk along the beach. Suddenly, Olivier noticed small things moving in the sand. He approached them, but found nothing but a hole.

"Es un cangrejo," dijo su padre. "Si miras de cerca a la arena, verás cómo corren hacia los agujeros. Debes prestar mucha atención, ya que se parecen mucho al color de la arena"

"It's a crab," he told his father. "If you look closely at the sand, you will see them running to hide in the holes. You must really pay attention, as they are almost the same color as the sand."

En efecto, Olivier descubrió los cangrejos en la playa. Se movían extrañamente hacia los lados en sus patitas pequeñas y cortas.

Indeed, Olivier discovered other crabs on the beach. They moved weirdly sideways on their small and short legs.

"Papá, ¿cómo es que los cangrejos no son rojos como los que comemos?" preguntó Olivier.

"Hay toda clase de cangrejos. Algunos los comemos y otros no," respondió su padre.

"Dad, how come these crabs are not red like the ones we eat?" Olivier asked.

"There are all sorts of crabs. Some we eat and others we don't," his father responded.

Un poco más adelante, se encontraron con un grupo de pájaros que se daban un festín con un pedazo de pan que alguien había dejado tirado. Los pájaros eran ruidosos. En una de esas, dos de esos pájaros volaron y luego hicieron una pequeña vuelta antes de regresar junto con el rebaño.

A little further along, they stumbled upon a group of birds that were feasting on a piece of bread that a person had dropped. The birds were noisy. Once, two were flying and then made a tour before coming down close to the flock.

"¿Cómo se llaman estos pájaros"? Preguntó Maddie.

"Estas son gaviotas," respondió su padre.

"En todo caso, son aves muy codiciosas," dijo Olivier.

"What are these birds called?" Maddie asked.

"These are seagulls," responded her father.

"In any case, those are some really greedy birds," said Olivier.

Caminaron un poquito más, luego decidieron regresar para ver a su madre. Los dos niños quisieron nadar otra vez, pero su madre les dijo que primero debían comer. Llevándose todas sus cosas, se dirigieron a uno de los restaurantes ubicados cerca de la playa.

They walked for a little while longer, then decided to return to see mother. The two children felt like swimming again, but their mother told them they would first have to eat. Taking all of their belongings, they set out towards one of the restaurants located near the beach.

Comieron mariscos muy deliciosos. También tomaron jugo recién exprimido. Los dos niños le contaron a su madre lo que habían visto en el camino. Había otras familias en el restaurante. Todos se veían bien relajados y contentos. Los meseros tenían mucho que hacer por lo ocupado que estaba el día, pero siempre sonreían.

They ate delicious seafood. They also drank some freshly pressed juice. The two kids told their mother what they had seen on their walk. There were other families in the restaurant. Everyone seemed relaxed and happy. The servers had a lot of work to do because of how busy it was, but they were all smiling.

Después del almuerzo, regresaron a la playa. Su madre otra vez puso protección a todo el mundo. Nadie podía nadar inmediatamente porque su padre les mencionó que no era bueno nadar directamente después de comer. Mamá y Papá decidieron tomar una siesta sobre sus toallas de playa.

After lunch, they headed back out to the beach. Mother again put sunscreen on everyone. Nobody could swim right away because father said it was not good to swim directly after eating. Mom and Dad decided to take a nap on their beach towels.

"¿Te gustaría hacer un castillo de arena?" dijo Olivier.

"Would you like to make a sand-castle?" said Olivier.

Maddie pensó que era una muy buena idea. Ellos empezaron a cavar suficiente arena para poder construir el castillo. Era su primer día de vacaciones y sus padres no les compraron una cubeta ni pala. En lugar de usar esas herramientas, usaron sus propias manos para construir. En cierto momento, un pedazo del castillo se les derrumbó, pero rápidamente lo repararon.

Maddie thought it was a good idea. They began by digging out enough sand to construct their castle. It was their first day on vacation and their parents did not buy them a pail (bucket) and a shovel. The two children constructed it with their hands instead. At one point, a piece of the castle fell off, but they repaired it quickly.

Cuando sus padres les permitieron regresar al agua, los niños se fueron muy contentos. Olivier se puso sus flotadores nuevamente. Esta vez, fue el quien salpicó a Maddie primero. Otros niños jugaban con ellos también. Había dos niños y tres niñas quienes disfrutaban sus vacaciones en el mismo campamento que ellos. Le dijeron a Maddie y Olivier que podían encontrarles en la playa todos los días para jugar con ellos.

When their parents allowed them to go into the water again, the children went wholeheartedly. Olivier put his buoys back on. This time, it was him who splashed Maddie first. Other children played with them as well. There were two boys and three girls who were vacationing in the same camping ground as them. They told Maddie and Olivier they could find them at the beach every day to play.

Después de ese primer día de descubrir el mar, la playa, las gaviotas, e incluso nuevos amigos, Olivier estaba completamente emocionado. Cuando les tocó agarrar todas sus pertenencias para irse de la playa, estaba muy cansado pero muy contento. Él no podía esperar para regresar nuevamente a la playa al día siguiente para tener más diversión.

After that first day of discovering the sea, the beach, seagulls, and even some new friends, Olivier was ecstatic. When it was time to gather all their belongings to leave the beach, he was tired, but very happy. He could not wait to return to the beach tomorrow to have some fun.

Joel y el Monstruo del Jardín. – *Joel and the Garden Monster.*

Joel es un niñito muy inteligente. Normalmente obtiene buenas notas en la escuela y lee libros enteros por su cuenta. Él también tiene mucho coraje. Cuando su padre lo llevó al dentista, ni siquiera lloró. Cuando el dentista examinaba su boca con herramientas raras, Joel ni se movía.

Joel is a very intelligent little boy. He often gets good grades in school and can read entire books on his own. He is also very courageous. When his father took him to the dentist, he did not cry. When the dentist reached into his mouth with his weird tools, he did not even move.

Pero, después de cierto tiempo, Joel tenía miedo. Él tenía miedo cuando se hacía de noche porque escuchaba ruidos. Eran sonidos extraños y preocupantes que venían de su jardín. Sombras amenazantes que acechaban detrás de las ventanas.

Yet, after a while, Joel was scared. He was scared when it became night because he heard noises. They were strange and worrying noises that came from his garden. Menacing shadows would lurk behind his windows.

Todo esto empezó tres semanas atrás. Joel se despertó para ir al baño, y cuando regresó a su habitación, escuchó rasguños, como si alguien usara sus uñas para tratar de entrar. Joel estaba muy asustado y corrió al cuarto de su hermana Susie.

All of this started three weeks ago. Joel woke up to go to the bathroom. When he came back to his room, he heard a scratching noise, as if someone was using their nails to enter. Joel was very scared and ran to his sister Susie's room.

Él despertó a su hermana y le explicó lo que había escuchado. Pero, cuando intentaron escuchar el ruido, no escachaban los rasguños. Lo que escucharon fue el goteo que venía de la cocina ya que la llave del lavaplatos no se había cerrado totalmente. Cuando se concentraban, hasta podían escuchar a su padre roncar desde su habitación.

He woke his sister up and explained what he had heard. But when they tried to listen for the sound, they did not hear any scratching. They heard water dripping in the kitchen because the faucet was not completely turned off. Even when they concentrated, they could only hear their father snoring in the other room.

Esa noche, Joel pensó que tal vez había imaginado los ruidos. Le empezó a dar sueño otra vez después de haber ido al baño. Dos noches después, escuchó nuevos ruidos. Él tenía la impresión de que la "cosa" que escuchaba estaba en el jardín. El sonido del viento pasar a través de los árboles también le asustaba. Joel no pudo volverse a dormir. Al día siguiente, se sentía cansado y muy ansioso.

That night, Joel thought perhaps he had imagined he heard noises. He was starting to feel sleepy again after coming back from the bathroom. Two nights later, he heard some new noises. He got the impression that the "thing" was in the garden. The noise of the wind blowing through the trees also scared him. Joel was not successful in going back to sleep. The next day, he was very tired and very anxious.

La siguiente semana, Joel escuchó ruidos otra vez – algunos rasguños, y luego un fuerte impacto. ¡Era como si un monstruo hubiera tirado el cubo de la basura! El no cerró sus ojos esa noche y no quiso salir de su cama para contarle a Susie. Durante el desayuno, sus padres empezaron a hablar acerca de cómo se había caído el cubo de la basura durante la noche.

The following week, Joel heard noises again — some scratching, and then a big crash. It was like a monster had knocked over the garbage can! He did not close his eyes that night and he did not dare leave his bed to go tell Susie. During breakfast, his parents began to talk about the garbage can that had toppled over during the night.

Joel no se atrevió a decirle a sus padres que él había escuchado un alboroto durante esa noche. ¿Qué podía haber dicho? Sus padres no le hubiesen creído si les dijera que había escuchado a un monstruo en el jardín.

Joel did not dare tell his parents that he had heard some racket during the night. What could he have said? His parents would not have believed him if he were to say that he heard a monster in the garden.

Una noche, escuchó algunos ruidos que venían del jardín. De repente, Joel escuchó un crujido que venía del pasillo. Se hundió profundamente en su cama y se cubrió la cabeza con la sábana. Su corazón empezó a latir aceleradamente.

One night, he heard some new noises coming from the garden. All of a sudden, Joel heard some creaking in the hallway. He sank deeply into his bed and pulled the blanket right up over his head. His heart began to beat wildly.

Después de un tiempo, empezó a dormir con una luz de noche, pero este nuevo ruido lo ponía ansioso. El nuevo ruido venía de su habitación. Él había imaginado que el peor monstruo posible que podía venir a buscarle a su cama. Cuando se abrió la puerta, Joel gritó con mucho miedo.

After a while, he slept with a night light, but this new noise made him anxious. The new noise was coming closer to his bedroom. He imagined the worst monsters possible coming to look for him in his bed. When the door opened, Joel screamed in fear.

Afortunadamente, no era nada más que Susie quien había entrado a su cuarto. Joel se sintió aliviado.

Thankfully, it was none other than Susie who had entered his room. Joel was relieved.

"Escuché unos ruidos," dijo Susie. "Sentí que eran como bebés llorando de vez en cuando."

"Pero los vecinos no tienen un bebé," respondió Joel.

"¡Tenemos que averiguar que sucede, Joel!"

"¿Qué podemos hacer, Susie?"

"I heard some noises," said Susie. "It sounded like babies crying every once in a while."

"But our neighbors do not have a baby," responded Joel.

"We must find out what is happening, Joel!"

"What can we do, Susie?"

Los hermanos se miraron mutuamente en silencio. Finalmente, Susie dijo:

The brother and sister looked at each other in silence. Finally, Susie said:

"Por esta noche, dormiré contigo. Mañana, después de clases, pensaremos en un plan para atacar al monstruo que está tirando la basura y haciendo ruidos raros."

"For tonight, I am going to sleep with you. Tomorrow after school, we will brainstorm a plan of attack to get the monster who is toppling our garbage over and making strange noises."

Así que, tres semanas después de haber escuchado los ruidos por primera vez, Joel y Susie discutieron sobre el monstruo del jardín. Después de una larga discusión, Susie declaró:

So, three weeks after having heard the noises for the first time, Joel and Susie discussed the monster in the garden. After a long discussion, Susie declared:

"Solo hay una solución. Debemos ir al jardín durante la noche para identificar al monstruo y alejarlo."

"There is only one solution. We must go into the garden during the night to identify the monster and chase it away."

Joel tenía miedo de enfrentar al monstruo, pero se dijo a sí mismo que con su hermana, podría hacerlo.

Joel was scared to confront the monster, but he said to himself that, with his sister, he could do it.

Tal como habían planeado, Joel y Susie se reunieron en la cocina a medianoche. Cada uno tenía una linterna. Con todo coraje, los dos niños abrieron la puerta y salieron al jardín.

Like they had planned, Joel and Susie met up in the kitchen at midnight. They each had a nightlight. With all the courage they could muster, the two kids opened the door and went into the garden.

Durante la noche, las sombras toman formas raras. El viento hace ruidos temerosos. Hasta las hojas hacían un ruido raro. Esta noche, los niños también podían ver las estrellas, pero no tenían la luz de la luna para iluminarles. Sin sus linternas, ellos no hubieran podido ver nada en absoluto.

At night, shadows take on weird forms. The wind made some scary noises. Even the leaves on their own made a weird sound. On this night, the kids could see the stars very well, but they did not have the moonlight shining on them. Without their nightlights, they would not have been able to see anything at all.

"Ahí, cerca del cobertizo del jardín," dijo Susie en voz baja.

"Si, escucho lo que son pequeños llantos," respondió Joel suavemente.

"There, near the garden shed," Susie said in a low voice.

"Yes, I hear what seems to be small cries," responded Joel lightly.

El hermano y la hermana avanzaron cuidadosamente. Los ruidos venían dentro del cobertizo. Solo había unas herramientas del jardín, una mesa vieja, y unas sillas plásticas. Con la ayuda de sus linternas, Joel y Susie exploraron el cobertizo.

The brother and sister advanced carefully. The sound came from inside the shed. Almost no one went into the shed. There were only some garden tools, an old garden table, and some plastic chairs. With the help of their nightlights, Joel and Susie explored the shed.

11

Empezaron a escuchar unos leves llantos.

They began to hear some new small cries.

"Susie, toma mi linterna," dijo Joel. "Voy a mover la caja para que veamos que hay detrás."

"Susie, take my torch," said Joel. "I am going to move that box so I can see what's behind it."

Joel se llenó de coraje y, después de un gran suspiro, levantó la caja.

Joel gathered all his courage and, after a deep breath, lifted the box.

Los dos niños no podían creer lo que miraban. No era un monstruo el que se escondía. ¡Era una gatita con sus tres gatitos bebé! La gatita era hermosa con su hermoso pelaje naranja y blanco. Dos de los gatitos se parecían a ella, y el tercero era blanco.

The two kids could not believe their eyes. It was not a monster hiding there. It was a mother cat with her three baby kittens! The cat was very beautiful with her orange and white fur. Two of the kittens resembled her, and the third was all white.

"¡Mira, le teníamos miedo a un gato!," dijo Joel.

"Look, we were afraid of a cat!" said Joel.

Mientras que Susie se quedaba en el cobertizo con los gatitos, Joel corrió rápidamente a traer a sus padres. La familia entera en pijamas, se reunió en el cobertizo.

While Susie stayed in the shed with the cats, Joel ran very quickly to look for his parents. The entire family, dressed in pajamas, met up in the shed.

"Seguro fue la madre de los gatitos la que tiró los barriles de basura para encontrar un poco de comida," dijo el padre de Joel.

"¿Podemos conservarlos?" preguntaron los dos niños.

"Está bien," dijo su madre. "¿Cuáles serán sus nombres?"

"La madre se llamará Monstruo," dijo Joel, riéndose.

"That must have been the mother cat that toppled over our garbage cans to find some food," said Joel's father.

"Can we keep them?" asked the two kids.

"Okay," said their mother. "What will their names be?"

"The mother cat will be named monster," said Joel, laughing.

Su hermana se empezó a reír, pero no le dijeron nada a sus padres. El monstruo del jardín se quedaría como su pequeño secreto.

His sister also began to laugh, but they did not say anything to their parents. The monster in the garden would stay their little secret.

Didier Aprende a Pescar – *Didier Learns How to Fish*

Como todos los años, la familia de Didier pasa sus vacaciones en la casa de sus abuelos. Ellos viven en el campo, en una gran casa cerca del rio. Les lleva muchas horas llegar a ese lugar. Les llevó tanto tiempo que hasta Didier se durmió en el coche.

Like every year, Didier's entire family spends their holiday at his grandparents house. They live in the country, in a big house near a river. It takes many hours to get to their place. It took so long that Didier fell asleep in the car.

Cuando llegaron a la casa de sus abuelos, Didier se tiró a los brazos de su abuela. Habían pasado meses desde la última vez que la vio.

When they arrived at his grandparents' house, Didier threw himself in his grandmother's arms. It had been months since he last saw her.

"¡Vaya! Sí que has crecido," le dijo su abuela.

"Si abuela," respondió Didier, "Es porque he estado comiendo mis verduras."

"My! How you have grown," his grandmother remarked.

"Yes, grandmother," responded Didier, "It's because I eat all my vegetables."

Ellos pasaron treinta minutos vaciando el baúl del coche y moviendo las cosas a las habitaciones en las que se quedarían. Didier trajo ropa, pero también unos juguetes y libros.

They spent a good thirty minutes emptying the trunk of the car and moving in to the rooms where they were going to stay. Didier brought some clothes, but also some toys and books.

Esa noche, Didier se fue a dormir después de la cena porque estaba muy cansado. Pero, al día siguiente, estaba ansioso por aprovechar su primer día de vacaciones. Empezó con el delicioso desayuno que le esperaba. Él comió sándwiches con jamón que su madre le había preparado con prisa.

That night, Didier went to sleep just after dinner because he was very tired. But the next day, he was anxious to make the most of his first day of vacation. It started with the excellent breakfast that awaited him. He ate his sandwiches with jam that his grandmother made with great haste.

"¿Qué te gustaría hacer hoy, Didier?" preguntó su abuelo.

"No se aún, abuelito." Respondió Didier. "Tal vez juegue con mi nuevo carrito a control remoto."

"¿Qué te parece si mejor vamos a pescar?"

"What would you like to do today, Didier?" asked his grandfather.

"I don't know yet, granddad," responded Didier. "Maybe I will play with my new remote control car."

"What if instead we went fishing?"

Didier no quería ir a pescar la verdad. Pero había pasado mucho tiempo sin haber pasado un buen rato con su abuelo. Se dijo sí mismo que podía jugar con su carrito a control remoto en otro momento.

Didier did not really want to go fishing. But it had been a long time since he last spent some quality time with his grandfather. He told himself he could play with his remote control car another time.

"Está bien abuelito. Iremos a pescar," dijo Didier.

"Iremos inmediatamente después del desayuno."

"Okay granddad. We will go fishing," said Didier.

"We will go immediately after breakfast."

Tal como habían discutido, Didier y su abuelo salieron de la casa justo después del desayuno. Didier hizo su parte al sostener la cubeta donde pondrían los peces que capturaran. El sol aún no estaba en lo más alto, pero se notaba que sería un buen día.

Like they had discussed, Didier and his grandfather left the house just after breakfast. Didier did his part by holding the pail where they would put the fish they caught. The sun was not yet at its peak, but you could tell it was going to be a beautiful day.

Llegaron rápidamente al rio. Ellos empezaron a poner sus cosas a la orilla del rio. Didier pensó que empezarían a pescar inmediatamente, pero en lugar de eso, su abuelo le dijo:

They arrived quickly at the river. They began putting all of their belongings down on the bank. Didier thought they were going to start fishing immediately, but instead his grandfather told him:

"Antes de empezar, es necesario que encontremos algunas lombrices."

"¿Lombrices?" preguntó Didier.

"Si, lombrices," respondió su abuelo.

"Before starting to fish, it is necessary to first find some worms."

"Some worms?" asked Didier.

"Yes, earthworms," responded his grandfather.

Didier no quería ensuciarse. Su abuelo le explicó cómo encontrar lombrices. Al principio, Didier lo encontró raro, pero luego se empezó a sorprender lo mucho que metía las manos en la tierra. Después de unos minutos, su abuelo le dijo que ya tenían suficientes lombrices para empezar a pescar.

Didier did not feel up to getting dirty. His grandfather explained how to find the worms. At first, Didier found it to be weird, but quickly he began to amuse himself by plunging his hands into the soil. After a few minutes, his grandfather told him they had enough worms to start fishing.

Su abuelo le enseñó cómo poner una lombriz en el anzuelo. A Didier le tomó algo de tiempo colocar correctamente la lombriz. El abuelo y el nieto se sentaron a la orilla del rio. Didier intentó tirar su línea de pescar, pero se le enredó.

His grandfather showed him how to put a worm on a fishing hook. Didier took a bit of time before he successfully put his worm on. The grandfather and his grandson sat down on the edge of the riverbank. Didier tried to throw his line out, but it became tangled.

Su abuelo fue muy paciente, pero le tomó tiempo desenredar la línea. Luego le enseño como tirar la línea sin enredarla. Didier lo intentó por segunda vez. Esta vez, lo hizo correctamente y estaba muy orgulloso de sí mismo.

His grandfather was very patient and took the time to untangle the line. He then showed him how to cast the line without tangling it. Didier gave it a second try. This time, he was successful and he was very proud of himself.

El sol ahora estaba en su cumbre. Didier y su abuelo se sentaron en la sombra de un árbol de roble. Había una pequeña brisa y el aire era fresco. Los pájaros cantaban en los árboles que les rodeaban. Didier también escuchó unos grillos que venían de la hierba.

The sun was now at its peak intensity. Didier and his grandfather sat down in the shade of a large oak tree. There was a light breeze and the air was fresh. The birds sang in the trees that surrounded them. Didier also heard some crickets that were hiding in the grass.

Justo antes de mediodía, Didier sintió que algo tiraba de su línea.

A little before noon, Didier felt something tug on his line.

"Abuelo, hay algo al final de mi línea," dijo Didier.

"Espera, voy a ayudarte," respondió su abuelo.

"Grandfather, there is something on the end of my line," said Didier.

"Wait, I am coming to help you," responded his grandfather.

Su abuelo puso la cubeta sobre el suelo y se aproximó a Didier.

His grandfather put down a fish pail and approached Didier.

"Ahora, debes halar al pez," le dijo.

"Now, you must reel in the fish," he told him.

Didier se empezó a emocionar. El pez que estaba al final de su línea tiraba muy fuerte. El pequeñín se dijo a si mismo que el pez debía ser grande.

Didier became more and more excited. The fish on the end of his line pulled hard. The little boy told himself that the fish must be big.

"Suavemente y sin parar, debes girar el carrete para enrollar la línea," le instruyó su abuelo.

"Lightly and without stopping, you will turn the reel to roll up the line," his grandfather instructed.

Usando las instrucciones de su abuelo, Didier usó el carrete para poder halar la línea. De vez en cuando, su abuelo le ayudó a sostener la caña porque el pez tiraba fuertemente. Sin embargo, después de cierto tiempo, pudieron ver el pez saltar fuera del agua. Didier tenía razón – el pez era grande.

In following the instructions of his grandfather, Didier used the reel to bring in the line. From time to time his grandfather helped him hold the rod because the fish was putting up a fight. However, after a moment, they saw the fish hop out of the water while twisting. Didier was right — the fish was big.

Con la ayuda de su abuelo, Didier desenganchó el pez y lo puso en la cubeta llena de agua.

With the help of his grandfather, Didier unhooked the fish and put it in the pail filled with water.

"Bravo, Didier," le dijo su abuelo. "Para tu primera vez, es un pez realmente hermoso."

"Gracias abuelo," respondió Didier con una sonrisa.

"Bravo, Didier," his grandfather told him. "For your first time, it really is a beautiful fish."

"Thank you grandpa," responded Didier with a smile.

Ellos decidieron comer antes de seguir pescando. Ellos comieron lo que su abuela les había preparado. Había un poco de carne, trozos de pastel, uvas y dos botellas de zumo de frutas.

They both decided to eat before continuing to fish. They ate well what their grandmother had prepared them. There was some bread with slices of roast beef, slices of cake, some grapes and two bottle of fruit juice.

Después de la comida, continuaron pescando durante varias horas más. La tarde pasó muy rápido. Luego, Didier y su abuelo empezaron a recoger sus cosas y se dirigieron a la casa. Ellos atraparon a seis peces y estaban muy ansiosos para mostrarle a su familia lo que habían capturado.

After the meal, they went back again to fish for several more hours. The afternoon passed by quickly. Then, Didier and his grandfather picked up their belongings and headed back to the house. They had trapped six fish and were anxious to show the family what they had caught.

Con mucho orgullo, Didier mostró a sus padres los peces que habían atrapado.

With a lot of pride, Didier showed his parents the fish they had caught.

"Los lavaré y los preparé para la cena," dijo la madre de Didier.

"Yo cocinaré unas zanahorias y papas para comer con el pescado," dijo su padre.

"I will wash them and prepare them for dinner," said Didier's mom.

"I will cook some carrots and potatoes to eat with the fish," said Didier's father.

Esa noche, todos festejaron en la mesa con los pescados y una salsa deliciosa. Las papas y las zanahorias se derretían en su boca. Didier

dijo que tuvo un gran día y esperaba poder pescar otra vez con su abuelo.

That evening, everyone feasted at the table on the cooked fish in a delicious sauce. The potatoes and the carrots melted in their mouths. Didier said he had a great day and hoped to fish again with his grandfather.

Alice en el Mercado de Pulgas – *Alice at the Flea Market.*

Desde que Alice tiene memoria, su madre y su padre iban al mercado de pulgas todos los Domingos. Sus padres la dejaban quedarse donde su tía en lo que ellos iban al mercado de pulgas. La madre de Alice siempre le dijo que le llevaría al mercado cuando ella fuera grande.

For as long as Alice can remember, her mother and father went to the flea market every Sunday. Her parents left her to stay at her aunt's house while they went to the flea market. Alice's mother always told her she would bring her to the market when she grew up.

A Alice le gustaba mucho ir a la casa de su tía Lucie. Cuando ella estaba ahí, jugaba con sus primos Axelle y Laura. Ellos jugaron con muñecas y hacían rompecabezas. A veces, tía Lucie les decía que fueran a la cocina a hornear galletas.

Alice really liked to go to her aunt Lucie's house. When she was there, she played with her cousins Axelle and Laura. They played with dolls and did puzzles. Sometimes, aunt Lucie asked them to come to the kitchen to bake some cupcakes.

Alice pensó que este domingo sería como todos los demás. Pero en este día, su mamá le dijo:

On this particular Sunday, Alice thought it would be like all the others. But on this day, he mom told her:

"Alice, ¿Qué te parecería acompañarnos al mercado de pulgas?"

"¡Si, si, si!" gritó Alice.

"Alice, what do you say about coming to the flea market?"

"Yes, yes, yes!" shouted Alice.

La pequeñita estaba muy emocionada. Era la primera vez que acompañaría a sus padres y estaba muy ansiosa por descubrir el lugar al que iban sus padres cada Domingo. Para esta ocasión, ella decidió ponerse una blusa amarilla con unos jeanes. Su madre le advirtió que caminaría mucho, así que Alice se puso zapatillas. Ella también cogió un poco de dinero de su hucha de cerdito.

The little girl was very excited. It was the first time she had accompanied her parents and she was looking forward to discovering the place her parents went every Sunday. For the occasion, she chose to put on her pretty yellow t-shirt and some jeans. Her mother warned that there would be lots of walking, so Alice put on her sneakers. She also took some change from her piggybank.

El viaje en el coche no tomó mucho tiempo. Sin embargo, fue necesario caminar diez minutos para llegar al mercado. Al llegar, Alice dijo que había valido la pena caminar por diez minutos para llegar ahí.

The car ride did not take a long time. However, it was necessary to walk for ten minutes to get to the market. Upon arriving, Alice said it was well worth it to have walked ten minutes to get there.

Para cualquier lado que mirase, Alice vio a los comerciantes y a las personas haciendo compras. Había docenas y docenas de comerciantes con toda clase de productos. Aquí, todo era diferente a lo que Alice había visto antes.

Everywhere she looked, Alice saw merchants and people making purchases. There were dozens upon dozens of vendors with all sorts of products. Here, everything was different from anything Alice had seen before.

Primero, todos los artículos no se ponían en estantes bonitos ni bien organizados como en los supermercados. Había estantes llenos de muchos artículos de diversos tipos. Sus padres la llevaron a uno de los pasillos.

First, the items were not put on pretty shelves and well-arranged like they were in supermarkets. There were stands filled with items of all sorts. Her parents lead her into one of the aisles.

La madre de Alice se acercó a un comerciante que vendía carteras que se veían usadas. Había carteras de cada década y de todos los tamaños. Algunas carteras eran negras, otras tenían ciertos estilos. Había carteras con escarcha y otras cuadradas. La madre de Alice decidió comprar una cartera gris. A Alice le parecía hermosa.

Alice's mother approached a merchant who was selling handbags that seemed used. There were handbags from each decade and of all sizes. Some handbags were all black, and others had trims. There were handbags with glitter and others that were square. Alice's mother decided to buy a grey handbag. Alice found it to be beautiful.

Caminaron un poco más y Alice encontró comerciantes de muebles antiguos. Había unos cofres con gavetas que parecían de un castillo. Había sillas de madera, cada una diferente de la otra. Alice también vio algunos brazos de sillas recubiertos con tela de patrón de flores.

They walked some more and Alice found in the corner several ancient furniture merchants. There were some chests with drawers that seemed to be from a castle. There were wooden chairs, all different from one another. Alice also saw some armchairs covered with flowery fabric.

Un poco más adelante, un par de comerciantes vendían toda clase de artículos de cocina. Había sartenes de todo tamaño, algunas hechas de cobre, y otras hechas de hierro colado. Alice pensó que los cucharones se veían graciosos de la manera en la que colgaban. Brillaban bajo los rayos del sol las tazas y vasos hechos de cristal.

A little further away, a couple of merchants sold all sorts of kitchen accessories. There were sauce pans of all sizes, some made of copper, and others made of cast iron. Alice found the ladles to be funny looking, hanging all together. Glasses and cups made of crystal shone brightly under the rays of the sun.

Repentinamente, Alice vio a un vendedor con muchos juguetes. En el estante, la niñita vio muñecas de trapos y otros juegos. También había libros muy viejos para niños con portadas de colores pálidos. A la par de los juguetes de madera había robots un poco oxidados, pero muy bonitos al mismo tiempo. Alice también vio muchos trenes de juguete de distintos colores.

Suddenly, Alice saw a vendor with a lot of toys. On the shelf, the little girl saw ragdolls and ball-in-cup games. There were also some very old books for kids with covers in pale colors. Beside the wooden toys, there were robots that were a bit rusted, but very nice all the same. Alice also saw many toy trains of different colors.

"Mamá, ¿podríamos ir a ver al comerciante de juguetes más cercano?" preguntó Alice.

"Claro, querida," respondió su madre.

"Si ves algo que te guste, veremos si lo podemos comprar," agregó su padre.

"Mother, can we please go see the toy merchant that is closest to us?" asked Alice.

"Of course, my dear," responded her mother.

"And if you see something you like, we can see if we can buy it," added her father.

Alice estaba muy emocionada. Se acercó al comerciante con una gran sonrisa en la cara. Además de todo lo que había visto, Alice descubrió un juego de damero con piezas hermosamente esculpidas. Alice quería comprarlo, pero no tenía suficiente dinero.

Alice was very excited. She approached the merchant with a big smile on her face. In addition to everything she had seen, Alice also discovered a small checkers game with some beautifully sculpted pieces. Alice wanted to buy it, but she did not have enough money.

"¿Estás buscando algo señorita?" preguntó el vendedor.

"Sí, señor," respondió Alice.

"¿Puedo sugerirte este de aquí?"

"Are you looking for something young lady?" the merchant asked.

"Yes, mister," responded Alice.

"May I suggest this right here?"

El vendedor el mostró lo que parecía ser un carrusel. Venía con diferentes colores: rosado, amarillo, morado, azul y verde. El carrusel estaba hermosamente decorado con mucho detalle.

The merchant showed her a sort of merry-go-round. They came in different colors: pink, yellow, purple, blue, and green. The merry-go-round was excellently decorated with a lot of detail.

"Gira la palanca," le dijo el vendedor.

"Turn the crank," the merchant told her.

Alice cogió el carrusel y giró la palanca. Una hermosa canción empezó a sonar con unas notas magníficas. Alice estaba asombrada como giraban los caballitos en el carrusel, al mismo tiempo subiendo y bajando. Tan pronto como paró de girar la palanca, la música y los caballitos paraban también.

Alice took the merry-go-round and turned the crank. A marvelous song began to play with some magnificent notes. Alice was amazed at how the horses began to turn in the merry-go-round while raising and lowering, up and down. As soon as she stopped turning the crank, the music and the horses stopped as well.

"Este carrusel me hace muy feliz. ¿Cuánto cuesta?" preguntó Alice

"Para la jovencita, serán ocho Euros," respondió el vendedor.

"This merry-go-round makes me very happy. How much does it cost?" asked Alice.

"For the young lady, that will be eight Euros," the merchant responded.

Alice estaba contenta porque tenía suficiente dinero. Le dio al vendedor el dinero y decidió usar su propia bolsa para llevar la caja musical. Ella y sus padres siguieron buscando maravillosos artículos.

Alice was happy because she had enough money. She gave the merchant the money and decided to use her own bag to carry the music box. She and her parents continued to look for other wondrous items.

Durante otra media hora, la pequeña familia caminaba a través del mercado de pulgas. Después, decidieron parar y comer algo. Ellos comieron parados a la par del vendedor de sándwiches. Después bebieron un vaso de limonada recién hecha.

For another hour and a half, the small family strolled through the flea market. Then, they decided to stop and eat something. They ate standing beside the sandwich merchant. Then, they drank a glass of fresh lemonade.

Después de la comida, continuaron por el mercado de pulgas. El padre de Alice compró una pintura en lienzo. Alice pensó que era muy hermosa. El pintor había pintado un lago con un chalet y muchos árboles. Él seguramente lo colgaría en la entrada de la casa.

After the meal, they continued to walk around the flea market. Alice's father purchased a painting. Alice thought it was very beautiful. The painter had painted a lake with a chalet and lots of trees. He was surely going to hang it up in the entrance to the house.

Una vez en el coche, el padre le preguntó.

"¿Te divertiste hoy?"

"Mucho," respondió Alice.

Once in the car, her father asked her:

"Did you have fun today?"

"A lot," responded Alice.

Esa misma noche, antes de dormir, Alice pasó mucho tiempo jugando con su caja musical. La melodía era como una canción de cuna. Ella decidió dejar su nuevo juguete en su mesa de noche. Alice se durmió pensando en el montón de cosas hermosas que encontraría

la próxima vez que ella acompañara a sus padres al mercado de pulgas.

That very night, before sleeping, Alice spent a lot of time playing with her music box. The melody was like a lullaby. She decided to leave her new toy on the bedside table. Alice fell asleep thinking of all the beautiful things that she would find the next time she accompanied her parents to the flea market.

El Cunpleaños de Mamá – *Mom's Birthday*

Durante una semana, conté los días hasta el día D: El cumpleaños de mamá. Finalmente, el día finalmente llegó. Estaba esperando con ansia este día porque había planeado diversas sorpresas para mamá. Esperaba que le gustaran las sorpresas. Sobre todo, esperaba terminar todo lo que tenía pensado hacer.

For one week, I counted down the days until D-day: Mom's birthday. Finally, the much talked about day had arrived. I was really looking forward to its arrival because I planned several surprises for Mom. I hoped she would like each of her surprises. Most of all, I hoped that I would complete everything I had planned to do.

Para comenzar, preparé el desayuno y se lo llevé a la cama. Tuve que despertarme temprano para eso. Empecé tomando rebanadas de pan de la bolsa y las puse sobre el plato. Luego tomé un poco de jalea de la alacena y, con una cuchara pequeña, lo regué sobre el pan.

To start, I prepared her breakfast and brought it to her in bed. I had to wake up very early for that. I began by taking slices of bread from the bag and placed them on a dish. I then took the jar of jam from the cupboard and, with a small spoon, I spread a layer of jam on the bread.

Saqué un poco de jugo de naranja y yogurt de la refrigeradora. Me pregunté a mi mismo en dónde estaba la bandeja y tuve que buscar en dos armarioss y la alacena antes de encontrarla. Puse el plato, los sándwiches, el jugo de naranja, un vaso, el yogurt y una pequeña cuchara sobre la bandeja.

I pulled a carton of orange juice and a yogurt out of the fridge. I asked myself where the tray was, and had to look in two drawers and three cupboards before finding it. I put the plate with the sandwiches on it, the carton of juice, a glass, the yogurt, and a small spoon on the tray. With great care, I lifted the tray.

Estoy muy contento de que el cuarto de mamá esté en el primer piso. No creo que hubiese podido caminar por las escaleras con la bandeja. Ese día, mi papá fue mi cómplice. Él dejó la puerta abierta para que pudiese entrar a la habitación. Viéndome con la bandeja, mi mamá puso una gran sonrisa en su cara.

I am glad that Mom's room is on the first floor. I do not think I would have been able to walk upstairs with the tray. That day, Dad was my partner. He left the door open so that I could enter the room. Seeing me with the tray, my Mom had a huge smile on her face.

"Qué lindo de tu parte, Nicolás," dijo mamá.

"¡Feliz cumpleaños mamá!"

"That's nice of you, Nicolas," said Mom.

"Happy birthday, Mom!"

Puse la bandeja sobre la cama cuidadosamente. Le dije que le había preparado unos sándwiches. Le serví un vaso de jugo de naranja.

Cuando se terminó sus sándwiches, mamá se comió el yogurt. Era de fresa, su sabor favorito.

I put the tray on the bed very carefully. I told her that I had prepared some sandwiches. I served her a glass of orange juice. When she finished her sandwiches, Mom ate her yogurt. It was strawberry, her favorite flavor.

La primera sorpresa que había preparado para ella había salido bien. Cuando mamá terminó el desayuno, me llevé la bandeja de regreso a la cocina. Era tiempo de pasar a la segunda sorpresa. Mientras mamá se bañaba, busqué en mi cuarto la tarjeta de cumpleaños que le compré con papá. Le deseé un feliz cumpleaños y le dibujé una imagen bonita en la tarjeta.

The first surprise I had prepared for her went very well. When Mom finished her breakfast, I took the tray back to the kitchen. It was time to move on to the second surprise. While Mom took her bath, I looked in my room for the birthday card I bought with Dad. I wished her a happy birthday and drew a nice picture in the card.

Cuando mamá entró a la sala, le ofrecí la tarjeta. Estaba deleitada. Papá y yo teníamos una sorpresa más para ella.

When Mom came into the living room, I offered her the card. She was delighted. Dad and I had one more surprise for her.

"Hemos alquilado tu película favorita, mamá. Mientras la ves, papá y yo vamos a preparar la comida."

"Muchas gracias, eso me hará muy feliz," respondió mamá.

"We have rented your favorite movie, Mom. While you are watching it, Dad and I are going to prepare the meal."

"Thank you very much, that will make me very happy," Mom responded.

Papá llegó con palomitas de maíz. Mama adora las palomitas. Ella siempre las come cuando ve la televisión. Cuando nos aseguramos que mamá estaba cómoda, papá y yo regresamos a la cocina.

Dad came in with a bowl of popcorn. Mom loves popcorn. She always eats it while she watches television. When we were sure that Mom was comfortable, Dad and I returned to the kitchen.

Nosotros sabíamos desde hace tiempo lo que queríamos preparar para el almuerzo y nos pusimos a trabajar inmediatamente. Hice una ensalada. Lavé las hojas de espinaca, tomates, y una manzana roja.

We knew for a long time what we wanted to prepare for lunch, so Dad and I went straight to work. I made the salad. I washed the spinach leaves, some cherry tomatoes, and a red apple.

"Papá, he terminado de lavar las hojas de espinaca y los tomates."

"Muy bien," respondió papá. "Ponlos en el gran tazón azul."

"Dad, I have finished washing the spinach leave and the tomatoes."

"Very good," responded Dad. "Put them in the big blue bowl."

Papá cortó la manzana en pedazos y exprimió un limón encima para que la manzana no se empezara a manchar. Yo agregué las hojas de espinaca y los tomates. También agregué una bolsa de nueces. Para sazonarla, le agregué sal, pimienta, aceite de oliva y un poco de mostaza. La ensalada se veía deliciosa.

Dad cut the apple into pieces and pressed a lemon over the top of it so that the apple did not develop brown spots. I added the spinach leaves and the cherry tomatoes. I also added a small bag of pine nuts. To season it, I added salt, pepper, olive oil, and some mustard. The salad looked delicious.

Cuando la ensalada estuvo lista, la pusimos en la nevera. Luego, preparamos el pescado sobre papel aluminio. Agregué un poco de papel aluminio y puse la hoja sobre la mesa. Papá trajo el pescado y lo puso sobre el papel aluminio.

When the salad was ready, and we put it in the refrigerator. We then prepared the fish in tinfoil. I grabbed the aluminum foil roll and spread out a sheet on the table. Dad brought the fish and placed it on the aluminum foil.

"Trae el jengibre por favor," me pidió papá.

"Bring the ginger please," Dad asked me.

Traje el polvo de jengibre y papá le puso dos cucharadas al pescado. También le agregó algo de sal y pimienta. Le recordé a papá que no olvidara la salsa de soja.

I brought the ginger powder and Dad put two spoonful of it on the fish. He also added some salt and pepper. I reminded Dad not to forget the soy sauce.

"Tienes razón," me respondió.

"You're right," he responded.

El agregó la salsa, y finalmente llegó el momento que más quería. Me lavé las manos y luego las usé para regar las especias y la salsa sobre el pescado. Cuando terminé, papá me explicó como cerrar el papel aluminio para poder cubrir el pescado. Fui muy cuidadoso para no romper el papel aluminio y doblé las hojas para cubrir el pescado.

He added the sauce, finally the Moment I most liked arrived. I washed my hands, and then I used them to spread the spices and the sauce all over the fish. When I finished, Dad explained how to close the aluminum foil to make a cover for the fish. I was very careful not to tear the aluminum foil and folded the sheets to make a cover.

Papá luego colocó el pescado con papel aluminio sobre la bandeja y lo puso en el horno. El pescado se horneó durante veinte minutos. Antes de empezar a preparar el postre, le traje a mamá un vaso de jugo de naranja.

Dad then placed the tinfoil carrying the fish on the tray and put it in the oven. The fish cooked for twenty minutes. Before I began to prepare the dessert, I brought Mom a glass of orange juice.

"Me pregunto qué es lo que están cocinando ustedes," me dijo a mí.

"¡Es una sorpresa mamá!"

"I'm wondering what you two are cooking up," she said to me.

"It's a surprise, Mom!"

Regresé a la cocina para ayudar a papá con el postre. Empezamos con la crema chantilly. Abrí la caja de crema y la vacié sobre un gran tazón. Papá luego le puso una mezcladora eléctrica. Sostuve la mezcladora dentro de la crema hasta que la crema se puso espesa. Le agregué seis cucharadas de azúcar.

I returned to the kitchen to help Dad with the dessert. We started with the Chantilly cream. I opened the carton of cream and emptied it into a big bowl. Dad then attached the electric whipper. I held the whipper in the cream right up until the cream appeared to be fully thickened. I then added six scoops of sugar.

Una vez que la crema chantilly estaba lista, la pusimos en un tazón en la refrigeradora. El pescado estaba listo, así que papá la sacó del horno y lo puso sobre la mesa. Le puse unas fresas frescas debajo del agua para lavarlas y luego las puse en un tazón.

Once the Chantilly cream was ready, we placed the bowl in the refrigerator. The fish was ready, so Dad pulled it out of the oven and set it on the table. I put some fresh strawberries under running water to wash them and then put them in a decorative bowl.

"La película de mamá ya casi se ha terminado," dijo papá. "Ayúdame a preparar la mesa."

"Mom's movie is almost done," Dad told me. "Help me put out the place settings."

La película que mamá estaba viendo ya había terminado, así que apagué la televisión. Papá puso sus manos sobre los ojos de mamá y la trajo a la cocina.

The movie Mom was watching had ended, so I turned off the television. Dad put his hands over Mom's eyes and brought her into the kitchen.

"¡Sorpresa!" gritamos al mismo tiempo.

"Es increíble," dijo mamá. "Muchas gracias mis amores."

"Surprise!" we said at the same time.

"It's superb," said Mom. "Thank you very much, my loves."

Probamos la comida que papá y yo habíamos preparado. A mamá le gustó mucho la ensalada y el pescado. Para el postre, tomamos las fresas con nuestros dedos y las metíamos en la crema chantilly. Papá y yo estábamos muy orgullosos – la comida estaba deliciosa y mamá estaba muy feliz.

We tasted the meal that Dad and I had prepared. Mom really liked the salad and fish. For dessert, we took the strawberries with our fingers and dipped them in the Chantilly cream. Dad and I were proud of ourselves — the meal was delicious and Mom was happy.

Lisa y la Oruga Misteriosa –
Lisa and the Mysterious Caterpillar

Lisa siempre había disfrutado explorar su jardín. A ella le gusta recoger hermosas rosas prestando atención a sus espinas. Le gusta recoger las hojas muertas con su mamá. También le gusta recoger tréboles de cuatro pétalos con su hermano Victor.

Lisa had always enjoyed exploring her garden. She likes picking pretty roses and paying attention to the thorns. She likes helping her mom rake dead leaves. She also likes playing with her brother Victor and trying to find four-leaf clovers.

Ese sábado, el cielo estaba completamente azul. Ni una nube a la vista. Lisa se dijo a sí misma que era el día perfecto para ir al jardín. La niñita había empezado a inspeccionar las flores. Cerró sus ojos y olía el suave perfume que flotaba en el aire. Escuchaba atentamente la canción de los pájaros que hacían sus nidos en el árbol.

That Saturday, the sky was all blue. Not a cloud in sight. Lisa told herself it was a perfect day to go in the garden. The small girl started by inspecting the flower bushes. She closed her eyes and smelled the soft perfume that floated in the air. She listened attentively to the song of the birds that were building a nest in a tree.

Lo que a Lisa le gustaba más era ver a todos los animales que se escondían en el jardín. Primeramente, había hormigas que caminaban en una sola línea como soldados. Luego, había gusanos que les gustaba esconderse en la tierra. A Lisa también le gustaba contar el número de manchas que hay en las espaldas de las mariquitas.

What Lisa liked the most was watching all the animals that hid in her garden. First of all, there were ants that walked in a line single-file like soldiers. Then, there were worms that liked to hide in the soil. Lisa also really liked to count the number of spots on the backs of the ladybugs.

Le tomó tiempo, pero la niñita encontró algo finalmente hermoso. Debajo de una planta de perejil, una bonita oruga se arrastraba sin prisa. La oruga era la cosa más magnífica que había visto Lisa en toda su vida. Era verde con manchas negras, blancas y anaranjadas.

It took a while, but the little girl in the garden finally found something very beautiful. Hidden under a parsley plant, a beautiful caterpillar crawled around without hurrying. The caterpillar was the most magnificent thing that Lisa had ever seen in her life. It was green with black, white, and orange spots.

Tímidamente, Lisa puso su mano hacia la hoja y la mantuvo ahí. Ella estaba muy veliz viendo a la oruga arrastrarse a su mano. Los piececitos de la oruga le hacian cosquillas, pero Lisa la quería sostener el mayor tiempo posible.

Timidly, Lisa advanced her hand towards the leaf and held it there. She was very happy to see that the caterpillar climbed up her hand. The small little feet of the little bug tickled her, but Lisa wanted to hold it for as long as possible.

La niñita se quedó un rato más en el jardín con su nueva amiga. Ella olvidó todo alrededor de ella. Ella incluso olvidó el tiempo justo hasta que escuchó la voz de su madre.

The small girl stayed a while longer in the garden with her new friend. She forgot about everything around her. She even forgot about the time right up until she heard the voice of her mother.

"¡Lisa! ¡Lisa! Es tiempo de entrar," dijo su madre.

"Lisa! Lisa! It's time to come in," said her mom.

Lisa no tenía prisa de irse a casa y dejar a su nueva a miga. Ella tenía una idea. Ella había decidido llevar a su oruga de regreso a su casa.

Lisa was not eager to leave her new friend to go back in the house. She had an idea. She decided to bring her caterpillar friend in with her.

Como un ninja, ella entró sigilosamente a la casa sin hacer ni un ruido. Ella corrió justo a su habitación y cerró la puerta. Luego, con mucho cuidado, puso a la oruga sobre su escritorio.

Like a ninja, she edged her way into the house without making a sound. She ran right up to her room and quickly closed the door. Then, with great caution, she put the caterpillar on her desk.

"Te llamaré Margot," le dijo Lisa.

"I will name you Margot," Lisa told it.

La oruga empezó a arrastrarse por el escritorio. Lisa se preguntaba si se caería. Ella pensó que sería buena idea encontrarle un hogar a Margot.

The caterpillar started to creep down her desk. Lisa wondered if she was going to fall. She thought maybe it would be wise to find a home for Margot.

Después de una merienda, Lisa le preguntó a su madre por una jarra.

After an afternoon snack, Lisa asked her mother for a jar.

"¿Para qué necesitas una jarra, Lisa?" preguntó su mamá.

"Why do you need a jar, Lisa?" asked her mom.

Lisa tenía miedo de que su mamá le prohibiera quedarse con la oruga, pero a ella no le gustaba mentir, especialmente a su mamá. Así que le contó la historia de cómo había encontrado la oruga en el perejil y la había llevado a su habitación.

Lisa was scared that her mom would forbid her from keeping her caterpillar, but she did not like to lie, especially to her mom. So, she told her the story of how she found the caterpillar in the parsley plant and brought it into her room.

"¿Me la puedo quedar, mamá?", preguntó Lisa.

"Me gustaría ver primero la oruga," respondió su mamá.

"May I keep it, mom?" asked Lisa.

"I would first like to see this caterpillar," her mother responded.

Tomando a su mamá de la mano, ella corrió rápidamente a la habitación a mostrarle a Margot.

Taking her mother by the hand, she ran quickly up to her room to show her Margot.

"Tienes razón, Lisa, es una oruga muy hermosa. Te ayudaré a construirle una casita."

"You're right, Lisa, it is a very beautiful caterpillar. I will help you build it a little house."

Lisa y su mamá colocaron a Margot en una gran jarra de vidrio. Luego, le hicieron unos hoyos a la tapa de la jarra. Era necesario que Margot pudiera respirar. Lisa decoró la jarra con algunas etiquetas para que Margot pudiese vivir en una casa de muchos colores.

Lisa and her mom placed Margot in a big glass jar. Then, they made some holes in the cap of the jar. It was necessary for Margot to be able to breath. Lisa decorated the jar with a few stickers so that Margot would live in a pretty house with lots of colors.

Cuando terminaron, era casi la hora de la cena y Lisa dijo que su nueva amiga debía tener hambre. Ella fue al jardín, recogió unas hojas de perejil, y las colocó dentro de la jarra.

When they finished, it was almost dinner time and Lisa said that her new friend must also be hungry. She went to the garden, picked a few parsley leaves, and then placed them in the jar.

Antes de dormir, Lisa habló mucho con su oruga. Ella se persuadía de que la oruga era buena oyente.

Before sleeping, Lisa talked at length with her caterpillar. She persuaded herself that she was listening quite well.

Durante las próximas tres semanas, las dos nuevas amigas pasaban todo el tiempo juntas. Lisa siempre le daba de comer y limpiaba su jarra. Todas las noches, la niña le hablaba a Margot. Ella le contaba sobre su día. Un día, Lisa incluso llevó a Margo a la escuela. La maestra le informó que Margot era una oruga de cola de golondrina. A Lisa le pareció el nombre muy gracioso, ¡pero Margot era un nombre más bonito!

During the next three weeks, the two new friends spent almost all of their time together. Lisa always fed her and cleaned her jar as well. Every night, the small girl talked to Margot. She talked about her day. One day, Lisa even brought Margot to school. The school teacher informed her that Margot was a Swallowtail caterpillar. Lisa found that name to be funny and believed Margot was a much prettier name!

Cada mañana, Lisa se emocionaba mucho de ver a su amiga antes de ir a la escuela. Pero un martes, la oruga no estaba en su jarra. Lisa no entendía. La tapa aún estaba en su lugar, pero solo había hojas y algo que parecía algodón al fondo de la jarra.

Every morning, Lisa was excited to see her friend before going to school. But one Tuesday, the caterpillar was missing from her jar. Lisa did not understand. The lid was still in place, but there were only leaves and something that resembled cotton at the bottom of the jar.

Lisa decidió que buscaría clarificación sobre el misterio de su oruga una vez que estuviera en la escuela. Ella revisó toda su habitación para ver si su oruga traviesa había escapado. Pero ella no encontró a Margot. Lisa no se atrevía a decirle a su mamá que había perdido a su querida

amiga. Ella era responsable de la pequeña criatura y pensó que había hecho algo malo.

Lisa decided she would get clarification on the mystery of her caterpillar once she got to school. She checked her entire room to see if the mischievous caterpillar had escaped. But, she did not find Margot. Lisa would not dare tell her mother that she had lost her dear friend. She was responsible for the little bug and thought that she had done something bad.

Durante varios días Lisa estuvo triste. Ella extrañaba mucho a su amiga. Su mamá vino un día y le preguntó:

For several days, Lisa was very sad. She missed her friend a lot. Her mom came to her one day and asked:

"Lisa, ¿Por qué has estado tan triste estos días?"

"Margot ha desaparecido," Lisa respondió a su mamá con grandes lágrimas en sus ojos.

"¿De verdad? Muéstrame la jarra."

"Lisa, why have you been so sad these past few days?"

"Margot is missing," Lisa responded to her mother with big tears welling up in her eyes.

"Really? Show me her jar."

Lisa y su mamá fueron directas a la habitación y vieron la jarra.

Lisa and her mom went straight to her room and looked in the jar.

¡Que sorpresa! En su lugar había una mariposa.

What a surprise! In the place of Margot was a butterfly.

"Margot no había desparecido, Lisa, ella hizo un capullo para convertirse en una mariposa," su madre explicó.

"Margot did not go missing, Lisa, she made a cocoon to become a butterfly," her mom explained.

Lisa estaba asombrada y orgullosa de su amiga.

Lisa was amazed and very proud of her friend.

"Es necesario abrir la tapa para dejarla ir" dijo su mamá. "Las mariposas no pueden permanecer en una jarra."

"It is necessary to open the lid to let her leave," said her mom. "Butterflies cannot remain in a jar."

Lisa estaba de acuerdo con eso. Abrió la jarra y dejó que saliera Margot, la oruga que se convirtió en una mariposa. Lisa no estaba triste – ella sabía que seguramente encontraría a su amiga nuevamente en el jardín.

Lisa was fine with that. She opened the jar herself to let Margot, the caterpillar who became a butterfly, go. Lisa was not sad – she knew that she would surely find her friend again in the garden.

Sandra y Michele – *Sandra and Michele*

Cuando Sandra tenía dos años, ella era hija única. Ella no tenía ningún hermano o hermana y sus padres solo la cuidaban a ella. Sus abuelos la consentían mucho. Ella tenía muchos juguetes y no tenía que compartir con nadie. Ella podía decorar su cuarto de cualquier manera que ella quisiera. Cuando su padre y madre la querían alegrar, ella podía escoger cualquier restaurante para ir a comer o escoger cualquier película.

When Sandra was two years old, she was a unique girl. She did not have a brother or sister and her parents only had to look after her. Her grandparents spoiled her a lot. She had many toys she did not have to share with anybody. She could decorate her room however she wanted. When her father and mother wanted to make her happy, she could have chosen what restaurant they would eat at or what movie they would watch.

Un día, los padres de Sandra tenían una gran noticia que darle.

One day, Sandra's parents had a big announcement they wanted to make.

"Mamá y papá tenemos buenas noticias," dijo la mamá de Sandra.

"Tendrás una hermanita," dijo su papá.

"Mom and Dad have good news," started Sandra's mother.

"You are going to have a little sister," said her father.

Sandra estaba muy contenta. Se dijo a sí misma que una hermana sería como tener a una nueva amiga con la que pudiera jugar. Ella decidió que podían ir a comer a su restaurante favorito, una pizzería no muy lejos de su casa. Ella podría ver también su película favorita, La Sirenita. Sandra estaba muy emocionada de tener una hermanita.

Sandra was very happy. She told herself that a sister would be like having a new friend with whom she could play. She decided they would go eat at her favorite restaurant, a pizza place not too far from their house. They could also watch Sandra's favorite movie, The Little Mermaid. Sandra was very excited to have a little sister.

Durante los siguientes meses, Sandra vio a su madre ponerse cada vez más grande. Le tomó cierto tiempo hacer a su hermanita. Sandra se puso impaciente. Ella ya había preparado las muñecas con las que jugarían y las películas que verían juntas.

During the following months, Sandra saw her mother's stomach become bigger and bigger. It took a long time to make her a little sister. Sandra became impatient. She already prepared the dolls with which they would play and the movies they would watch together.

Algunas semanas después de su tercer cumpleaños, Sandra al fin tuvo a su hermanita. Su mamá y papá fueron al hospital. Sus abuelos la

llevaron al hospital a conocer a su hermana. Pero lo que Sandra vio no fue a una amiguita con la que podría jugar.

A few weeks after her third birthday, Sandra at last had a little sister. Her mother and father went to the hospital. Her grandparents brought her to the hospital to meet her sister. But what Sandra saw was not really a little friend with whom she could play.

Lo que su mamá sostenía en sus brazos era minúsculo y muy rojo.

What her mother held in her arms was miniscule and all red.

"Su nombre es Michele," dijo su mamá.

"¿Puede jugar conmigo?" preguntó Sandra.

"Her name is Michele," her mother told her.

"Can she play with me?" asked Sandra.

Los adultos empezaron a reírse y Sandra no entendía por qué. Si ella quería una hermanita, por lo menos quería estar segura que ella podría jugar con ella.

The adults began to laugh and Sandra did not understand why. If she wanted a little sister, it was surely to be able to play with her.

"Ella aún es muy pequeña," dijo su papá. "Debes esperar a que sea más grandecita."

"She is still too small," said her father. "You must wait until she gets a little bit bigger."

Sandra estaba algo decepcionada, pero se dijo que no era gran cosa. Ella estaba de acuerdo en esperar un poco para poder tener una amiga con quien jugar. Ella estaba emocionada de tener a Michele en casa.

Sandra felt a little disappointed, but she told herself it wasn't that big of a deal. She was okay with waiting a bit to have a friend to play with. She was excited to have Michele come to the house.

Habían pasado dos meses desde que nació Michele. Sandra no quería que Michele permaneciera en la casa. Su hermanita lloraba todo el tiempo y sus padres parecían preocuparse mucho por ella. Lo peor era cuando ensuciaba sus pañales. En esos momentos, Sandra se iba a su cuarto y esperaba a que se disipara el olor.

It had been two months since Michele was born. Sandra did not want Michele to remain in the house. Her little sister cried all the time and their parents spent all their time occupying themselves with her. The worst was when her diaper became soiled. In those instances, Sandra went to her room and waited for the odor to dissipate.

Al tener un año, Michele empezó a caminar y a hablar. ¡Pero pasaba el tiempo rompiendo cosas o intentando comerlas! Cada vez que Sandra intentaba jugar con su hermana, Michele rompía su juguete o lloraba. Michele no entendía como jugar a los juegos favoritos de Sandra.

At one year old, Michele started to walk and talk. But she passed her time breaking things or trying to eat them! Each time Sandra tried to play with her sister, Michele broke her toy, or she began to cry. Michele did not understand how to play Sandra's favorite games.

Para el quinto cumpleaños de Sandra, toda la familia se reunió. Su madre había preparado pastel de chocolate con mucha crema batida y cerezas. Después de soplar las velas, Sandra estaba impaciente de probar el maravilloso pastel. Pero en ese momento cuando su mamá estaba por cortar el pastel, Michele metió su mano para robar un poco de crema y tiró el pastel al suelo.

For Sandra's fifth birthday, all of her family was reunited. Her mother had prepared a chocolate cake for her with a lot of whipped cream and cherries. After blowing out the candles, Sandra was impatient to taste her marvelous cake. But at the moment when her mother was going to cut the cake, Michele put her hand out to steal a bit of cream and knocked the cake onto the ground.

Sandra estaba muy enojada y empezó a llorar. Tal vez ni siquiera quería a una hermana. Ella dejó el comedor y corrió a la habitación.

Sandra was very mad and began to cry. Maybe she really did not ever want a sister. She left the dining room and ran to her room.

En menos de dos minutos, el padre de Sandra entró a la habitación a verla.

Less than two minutes later, Sandra's father came into her room to see her.

"Sé que estás molesta por tu pastel," dijo su papá. "Pero Michele no lo hizo a propósito. Ella también está triste. Tú sabes que ella es muy pequeña y es algo torpe aún. Tú también eras así cuando tenías su edad."

"¿De verdad?" preguntó Sandra.

"Si. Una vez, queriendo tomar tu juguete de la mesa, tiraste el teléfono de mamá y lo rompiste. Pero mamá no se enojó porque sabía que no era tu intención hacerlo."

"Así que no debería estar enojada. Es cierto que Michele es muy pequeña. Ni siquiera puede sentarse sola en una silla."

"I know you are upset because of your cake," said her father. "But Michele did not do it on purpose. She is also very sad. You know she is still very small and does foolish things. You also did some foolish things when you were that age."

"Really?" asked Sandra.

"Yes. One time, wanting to take your toy off the table, you knocked over Mom's telephone and broke it. But Mom did not get angry because she knew you did not mean to do it."

"So, I should also not get angry. It is true that Michele is very small. She cannot even sit in a chair all by herself."

Después de la catástrofe del pastel, Sandra intentaba no enojarse con Michele cuando hacía algo torpe. Ella cumplió su parte como hermana mayor tan bien que prevenía a Michele de hacer más cosas malas. Ella pasaba más y más tiempo con ella, y Sandra siempre intentaba ser un buen ejemplo para su hermana.

After the birthday cake catastrophe, Sandra tried not to get angry when Michele did foolish things. She fulfilled her role as a big sister so well that she even prevented Michele from doing more bad things. She spent more and more time with her, and Sandra always tried to be a good example for her sister.

Hoy, Sandra tiene siete años. Ella y Michele discuten a ratos. A veces Michele es la que decide a que restaurante irá a comer la familia entera. Ahora van menos a la pizzería, pero las hamburguesas que le gustan a Michele también son buenas. Hasta Sandra tiene su hamburguesa favorita.

Today, Sandra is seven years old. She and Michele get into arguments sometimes. Sometimes it is Michele who decides what restaurant the entire family will go to. They go less often to the pizzeria, but the burgers that Michele likes are also very good. Sandra even has a favorite burger.

Frecuentemente, Sandra y Michele no se ponen de acuerdo sobre qué película ver. Así que, a veces, ellas ven la Sirenita y otras veces ven Pinocho. Sin embargo, cada vez, ellas están de acuerdo de pedirle a su madre que les haga palomitas de maíz.

Often, Sandra and Michele do not agree on what movie they are going to watch. So, sometimes they watch The Little Mermaid and sometimes they watch Pinocchio. However, each time, they agree to ask their mother to make them popcorn.

Las dos hermanas también discuten por los juguetes. A veces, ellas dos quieren el mismo juguete al mismo tiempo. A veces Sandra tiene celos de algún juguete que recibió Michele de regalo y a veces es Michele la que lloriquea porque Sandra recibió el juguete que ella quería. Mamá y papá les dicen que compartan. No siempre es fácil, pero es mejor compartir juguetes que jugar sola.

The two sisters also bicker over the toys. Sometimes, they both want the same toy at the same time. Sometimes Sandra is jealous of a toy that Michele received as a gift and sometimes it is Michele that sulks because Sandra received a toy that she wanted. Mother and father tell them to share. It is not always easy, but it is better to share their toys than to play alone.

A pesar de todo, las dos hermanas se quieren mucho. Sandra es feliz teniendo a una hermanita. Lo que más le gusta es contarle a su hermana cuentos. Michele no sabe leer, así que Sandra es quien le recita los libros. En esos momentos, Sandra se siente muy bien de poder ser la hermana mayor.

Nevertheless, the two sisters love each other a lot. Sandra is very happy to have a little sister. What she likes most is telling her sister stories. Michele does not know how to read, so it is Sandra who recites books to her. In those moments, Sandra feels really good about being the big sister.

El Sombrero del Tío Jack – *Uncle Jack's Hat*

Emilie es una jovencita que tiene siete años. Ella tiene un papá, una mamá, dos hermanas, tres tíos, dos tías y cuatro primos. A ella le agrada cada uno de los miembros de su familia, pero tiene una preferencia por su Tío Jack.

Emilie is a pretty young girl who is seven years old. She has a dad, a mother, two sisters, three uncles, two aunts, and four cousins. She likes each member of her family, but Emilie has an affinity for Uncle Jack.

El Tío Jack siempre trae juegos divertidos. Tiene cuentos graciosos que contarle. Cuando toda su familia va al parque por la tarde, el Tío Jack es el único que está de acuerdo en jugar baseball con los niños. Él es muy bueno tirando el Frisbee.

Uncle Jack always brings fun games. He tells funny stories to her. When the whole family goes to the park for the afternoon, Uncle Jack is the only one who agrees to play baseball with the kids. He is also very good at throwing the Frisbee.

Todos los domingos, la gran familia de Emilie va a casa de sus abuelos. La Abuelita Rosie y el Abuelo Robert están muy contentos de que todo mundo les visite. Cada familiar trae comida para el almuerzo y la Abuelita Rosie hace el pastel. Cuando el Tío Jack están el campo, el también participa en el almuerzo. De hecho, cuando no viaja, él vive con sus padres.

Every Sunday, Emilie's large family goes to their grandparent's house. Mamie Rosie and Grandpa Robert are very happy when everyone comes to their place. Each family brings food for the meal and Mamie Rosie makes the cake. When Uncle Jack is in the country, he also participates in the lunch. In fact, when he is not traveling, he lives with his parents.

Este domingo, la mamá de Emilie prepara mariscos y ensalada. Sus dos tías trajeron un poco de carne, ensalada de pasta, y pollo frito. Emilie estaba ansiosa de que todo estaban en la mesa porque ella había ayudado a su mamá a preparar la comida.

This Sunday, Emilie's mom prepared seafood gratin and a salad. Her two aunts brought some roast beef, a pasta salad, and fried chicken. Emilie was anxious that everyone was at the table because she had to help her mom prepare the meal.

El papá de Emilie y sus tíos pusieron una larga mesa en el jardín para que todos pudieran sentarse. La comida salió bien y todo mundo estaba de buen humor. Todos se comieron su plato. Los platos se vaciaron rápidamente. Todo mundo apreció la comida deliciosa que ella había preparado.

Emilie's father and her uncles put up a long table in the garden so that everyone could sit. The meal went well and everyone was in a good mood.

Everyone ate their fill. The plates emptied themselves fairly rapidly. Everyone appreciated the cook for the delicious meal she made.

Antes de pasar al postre, todos ayudaron a limpiar los platos. Se dio a los niños la misión de secar y secar los cubiertos, los platos y los vasos. Incluso a pesar de que estaban ansiosos por comer pastel, todos los niños se aplicaron en sus tareas. Prestaron mucho cuidado para no romper ni un solo vaso o plato.

Before passing around the dessert, everyone lent a hand to do the dishes. The kids were given the mission of drying and arranging the cutlery, the dishes, and the glasses. Even if they were anxious to eat cake, all of the kids applied themselves to their task. They paid great attention and did not break a single glass or dish.

Al fin llegó el momento de comer postre y los adultos, así como los niños, estaban deleitados. La Abuelita hizo tres pasteles: uno de chocolate con chispas de chocolate, un pastel de naranja, y uno de vainilla decorado con fresas hermosas.

At last, the moment to eat dessert had arrived and the adults, like the kids, were delighted. Mamie made three cakes: a chocolate cake with chocolate chips, an orange cake with orange zest, and a vanilla cake that was decorated with pretty strawberries.

Los adultos tomaron té y café mientras los niños dormían la siesta. Pero Emilie no quería dormir hoy. Mientras sus primos y dos hermanas dormían, ella quiso ir a la biblioteca de la familia.

The adults drank tea and coffee while the kids took a nap. But Emilie did not want to sleep today. While her cousins and two sisters slept, she decided to go to the family library.

A Emilie le gusta mucho la biblioteca, no solo por los libros que encontraba, pero también por los tesoros que había en ella. De hecho, fue en este cuarto donde el Tío Jack ponía todas las cosas memorables que traía de sus viajes.

Emilie likes the library a lot, not only because of the books she would find, but also because of the treasures that were there. In fact, it was in this room that Uncle Jack put all of his memorabilia that he'd bring back from his trips.

Emilie descubrió un objeto que no había visto antes. Era un sombrero viejo que no era ni beige ni café. Tenía una clase de trenza alrededor de él. De repente, Emilie escuchó un ruido venir de la puerta.

Emilie discovered an object that she had never seen before. It was an old hat that was either beige or brown. It had a sort of braid that wrapped around it. All of sudden, Emilie heard a sound from the door.

"¿No estás durmiendo Emilie?" preguntó el Tío Jack al entrar a la biblioteca.

"No, Tío Jack, no me fui a dormir," respondió Emilie.

"Veo que encontraste mi sombrero," dijo el Tío Jack al acercarse a ella.

"You're not sleeping Emilie?" asked Uncle Jack as he entered the library.

"No, Uncle Jack, I did not go to sleep," responded Emilie.

"I see that you have found my hat," Uncle Jack said, approaching her.

El Tío Jack tomó su sombrero y se sentó en el sofá. Le hizo una seña a Emilie que se sentara a su lado.

Uncle Jack took his hat and sat down on a sofa. He made a sign to Emilie to sit beside him.

"¿Te gustaría saber la historia detrás de este sombrero?" preguntó el Tío Jack.

"¡Oh sí Tío Jack!" respondió Emilie.

"Would you like to know the story behind this hat?" asked Uncle Jack.

"Oh yes Uncle Jack!" responded Emilie.

A Emilie siempre le gustaban las historias del Tío Jack y estaba muy impaciente por escuchar esta nueva historia.

Emilie had always liked Uncle Jack's stories and she was very impatient to hear this new story.

"Hace algunos años," empezó el Tío Jack. "Fui a los Estados Unidos. Es un país muy, muy lejos de aquí. Estaba buscando trabajo en varios lugares hasta que al fin fui contratado en un rancho."

It has been a few years, started Uncle Jack. "I went to the United States. It is a country very, very far away from here. I was searching for work in many locations and I finally got hired by a ranch."

Emilie escuchó atentamente y trataba de imaginar cómo sería el rancho. Como si hubiese leído sus pensamientos, el Tío Jack empezó a explicar lo que era un rancho. Habló sobre grandes establos con ciertas vacas. El Tío Jack habló también de caballos y vaqueros.

Emilie listened attentively and tried to imagine what a ranch looked like. As if he'd read her thoughts, Uncle Jack began to explain what a ranch was. He talked about large barns with certain cows. Uncle Jack also talked about horses and cowboys.

"A veces, teníamos que reparar la cerca que estaba lejos de la casa. Era necesario traer tiendas para dormir en la noche. Traíamos sartenes para que pudiéramos comer y calentar agua para el café."

"¿Tenías que preparar tu propia comida Tío Jack? ¿Pero qué comías?" preguntó Emilie.

"Ciertamente teníamos carne seca y frijoles de una caja – ese tipo de cosas."

"Sometimes, we had to repair a fence that was far from the house. It was necessary to bring tents to sleep in for the night. We brought pans so that we could eat and warm water for coffee."

"You had to prepare your own food Uncle Jack? But what did you eat?" Emilie asked him.

"We certainly ate a lot of beef jerky and beans from a box — that sort of thing."

Emilie pensó que tal lugar sería muy grande ya que ella tenía que tenía que viajar a caballo durante más de un día para poder ir a trabajar.

Emilie told herself that such a place must have been really big since he had to leave by horse for more than one day to go to work.

"¿Cuál era el nombre de tu caballo, Tío Jack?" preguntó Emilie.

"Era una yegua. Su nombre era Cannelle. En español, quiere decir "Canela". Se le dio ese nombre porque parecía tener el mismo color que la canela."

"What was your horse's name, Uncle Jack?" asked Emilie.

"It was a mare. Her name was Cannelle. In English that means 'cinnamon.' She was given that name because she was the same color as cinnamon."

El Tío Jack le contó a Emilie como Canela lo había tirado al suelo porque ella había visto una serpiente. Ese día, aún si tenía mucho coraje, el Tío Jack había tenido mucho miedo. Afortunadamente, él se fue con unos moretones y un tobillo doblado.

Uncle Jack told Emilie how Cinnamon had thrown him onto the ground because she had seen a snake. That day, even though he was very courageous, Uncle Jack was very scared. Luckily, he left with only a few bruises and a twisted ankle.

Emilie escuchó al Tío Jack sobre todos los peligros que había encontrado en los planos de Texas. Si el sol estaba muy fuerte, era necesario que el bebiera mucha agua y que usara su gorra. Si no, se deshidrataría y perdería la consciencia.

Emilie listened to Uncle Jack talk about all the dangers that are found in the plains of Texas. If the sun was very strong, it was necessary for him to drink a lot of water and wear his hat. If not, he could get dehydrated and lose consciousness.

También había serpientes. Aunque hay muchas serpientes que no son peligrosas, algunas son venenosas. Si te mordían, era necesario que te inyectaran el suero lo antes posible e ir al hospital. Emilie empezó a temblar del miedo.

There were also snakes. While a lot of snakes were not dangerous, certain snakes were venomous. If you were bitten, it was necessary to inject an anti-poison quickly and go to the hospital. Emilie began to shiver in fear.

"¿Alguna vez te mordió alguna serpiente, Tío Jack?" preguntó Emilie.

"No, tuve suerte. Pero, aún si hay peligro, la vida de vaquero es fantástica. La vida debajo del gran cielo. Veía paisajes hermosos. Pasábamos mucho tiempo con muchos animales."

"Did a snake bite you, Uncle Jack?" Emilie asked.

"No, I was lucky. But, even if there are dangers, the cowboy life is fantastic. Life under the big sky. We saw beautiful landscapes. We spent a lot of time with animals."

Emilie se puso el sombrero de vaquero sobre su cabeza y dijo:

Emilie put the cowboy hat on her head and said:

"¡Creo que también seré una vaquera algún día!"

"I think I will also be a cowgirl one day!"

La Nueva Escuela de Jessica – *Jessica's New School*

El año pasado, Jessica vivía con su hermano y sus padres en la ciudad. A ella le gustaba mucho su casa. Jessica tenía un cuarto bonito con fotografías de animales en las paredes y algunas estrellas brillaban intensamente sobre su techo en la noche. Desde que era muy pequeña, ella jugaba con su hermano mayor en el jardín detrás de la casa. El usualmente la empujaba mientras estaba sobre el columpio para darle a Jessica la impresión de volar.

Last year, Jessica lived with her brother and parents in the city. She really liked her house. Jessica had a pretty room with pictures of animals on the walls and some stars that shone brightly on her ceiling at night. Since she was very small, she played with her brother in the garden behind the house. He usually pushed her while she was on the swing to give Jessica the impression she was flying.

A Jessica le gustaba su escuela también. Su maestra era muy amable y siempre sonreía. Ella había aprendido muchas cosas en la escuela: había aprendido a contar, a leer y escribir, y también podía reconocer algunos países en el mapa. Jessica hizo muchos amigos en la clase. Ella no se llevaba con todos, pero siempre tenía muchos compañeros de clase para jugar durante el recreo.

Jessica liked her school, too. Her teacher was very nice and was always smiling. She had learned a lot of things at that school: she learned how to count, how to read and write, and she could even recognize some countries on a map of the world. Jessica made a lot of friends in her class. She did not get along with everyone, but she always had lots of schoolmates to play with during recess.

Durante las vacaciones, su familia se mudó. Ahora Jessica estaba en una nueva casa. En su habitación, no había decoraciones. Solo estaba su cama, un mueble y un escritorio. Ella sabía que sus padres estaban muy ocupados con la nueva casa.

During the holidays, her family moved. Jessica was now in a new home. In her room, there were no decorations. There was only her bed, a drawer, and a desk. She knew that her parents were very busy in the new house.

No había un columpio en el jardín, pero eso no era lo que más la ponía nerviosa. Lo que ponía a Jessica nerviosa era su primer día de clase. Ella se preguntaba si el maestro sería estricto. Y, ¿Qué pasaría si los estudiantes ya sabían leer mejor que ella? Jessica tenía miedo de que se burlaran de ella. Se preguntaba si tendría nuevos amigos o si tendría que comer sola durante el almuerzo.

There wasn't a swing in the garden, but that was not the thing that made her the most nervous. What made Jessica nervous was the first day of classes. She wondered if the teacher would be strict. And what if the other students knew how to read better than her? Jessica was scared of getting mocked.

She wondered if she would have new friends or if she would have to eat all alone during lunch.

El día en cuestión finalmente llegó. Jessica decidió usar jeanes y una camiseta azul. Sus padres la acompañaron a la clase, pero tan pronto se fueron, se sintió impaciente. Rápidamente, se sentó en la parte trasera del aula, esperando que nadie la notara.

The day in question had finally arrived. Jessica decided to wear some jeans and a blue t-shirt. Her parents accompanied her to class, but as soon as they left, she felt very uneasy. Very quickly, she sat in the back of the classroom, hoping that no one would notice her.

Cuando llegó la maestra, se presentó a la clase. Jessica descubrió que también la maestra era nueva en la escuela.

When the teacher arrived, she presented herself to the class. Jessica discovered that the teacher was also new to the school.

"Es mi primer día aquí," dijo la maestra. "Y sé que no soy la única. Jessica también es nueva en la escuela. Jessica, ¿te gustaría venir al frente de la clase para que nos presentemos juntas?"

"It is my first day here," said the teacher. "And I know that I'm not the only one. Jessica is also new to this school. Jessica, would you like to come to the front of the class and we will present ourselves together?"

Jessica avanzó al frente de la clase y ella y la maestra se presentaron por turnos. Jessica sintió menos miedo cuanto más hablaba. La maestra parecía ser muy amable. Durante la mañana, ella aprendió la lección de no tener miedo a dar respuestas equivocadas.

Jessica advanced to the front of the class and she and the teacher presented themselves in turn. Jessica became less fearful the more she talked. The teacher seemed to be very kind. The entire morning, she learned her lesson and was not scared of giving the wrong answers.

En el momento en que los estudiantes se pararon para almorzar, una docena de estudiantes la invitaron a comer. Jessica estaba muy emocionada porque sabía que no comería sola. Con una gran sonrisa en la cara, salió del aula con los otros estudiantes.

At the moment when all the students got up to go to lunch, a dozen students invited her to join them to eat. Jessica was very excited to know she would not have to eat alone. With a big smile on her face, she left class with the other students.

Cuando llegó a casa, Jessica estaba muy emocionada de contarle a sus padres sobre su primer día en la escuela. Después de una merienda, la niñita empezó a hacer sus tareas para que su maestra estuviera orgullosa de ella. Prestó mucho cuidado a su caligrafía y aseguró revisar su tarea para que no tuviese errores.

When she got back home, Jessica was very excited to tell her parents about her first day at school. After a snack, the small girl began to do her homework so that her teacher would be proud of her. She paid close attention to her writing and checked her homework to be sure there were no errors.

Jessica llegó a la escuela con tranquilidad para su segundo día. Estaba contenta de ver a su maestra. Durante el almuerzo, encontró a sus compañeros para comer juntos. Ella jugó con sus nuevos amigos en el recreo.

Jessica arrived at school light-heartedly for her second day. She was happy to see her teacher. At lunch, she found her schoolmates to eat with. She played with her new friends during recess.

Durante los siguientes días, Jessica aprendió muchas cosas nuevas en clase. Su asignatura favorita era geografía y su maestra le daba frecuentemente estrellas por su buen trabajo en sus tareas. Durante los recreos, ella jugaba a diferentes juegos. A Jessica le gustaba mucho su nueva escuela.

During the next few days, Jessica learned lots of new things in class. Her favorite subject was geography and the teacher often gave her stars for doing a good job on her homework. During each recess, she played different games. Jessica really liked her new school.

Cuando entró a su casa, sin embargo, Jessica todavía estaba algo triste. Extrañaba su cuarto viejo. Sus padres y su hermano estaban muy ocupados con otras cosas en la nueva casa. A ella le hubiese gustado decorar su cuarto un poco, pero era difícil hacerlo por su cuenta.

When she entered her house, though, Jessica was still a bit sad. She missed her old room. Her parents and her brother often were busy with other things in the new house. She would have liked to decorate her room a little, but it was difficult to do it all by herself.

Al día siguiente durante el recreo, ella compartió su preocupación con sus amigos. Jessica les dijo como su cuarto solía ser y como le gustaría que su nuevo cuarto fuese más bonitos. Sus amigos le escucharon con consideración, pero al final del recreo, nadie había encontrado una solución.

The next day during recess, she shared her worries with her friends. Jessica told them how her room used to be and how she wanted her new room to be prettier. Her friends listened considerately, but at the end of recess, no one had found a solution.

Karine, una amiga de la clase de Jessica, había pensado sobre el problema durante mucho tiempo. Tan pronto como llegó el día siguiente, antes de que Jessica llegara a la escuela, Karine les dijo a sus amigas que ella tenía una solución para ayudar a su nueva amiga.

Karine, a friend from Jessica's class, had thought about the problem long and hard. As soon as the next day arrived, before Jessica arrived at school, Karine told her friends that she had a solution to help their new friend.

"Nosotras podríamos tomar fotos de algunos animales y ponerlos en las paredes de su nuevo cuarto," dijo Karine.

"Tengo una lámpara de elefante que podría darle," dijo Ali, otra estudiante de la misma clase.

"We could make some pictures of animals and she can put them on the walls of her new room," said Karine.

"I have a pretty elephant lamp I could give her," said Ali, another student in the same class.

Fue en ese momento que la maestra entró a la clase. Ella se dio cuenta rápidamente de lo que hablaban los estudiantes.

It was at that moment the teacher entered the class. She learned quickly what the students were talking about.

"Todos podemos hacer dibujos para Jessica," propuso la maestra. "Hoy cuando lleguéis a casa, haréis una hermosa imagen y la traeréis mañana."

"We can all make pictures for Jessica," proposed the teacher. "Tonight when you get home, make her a beautiful picture and bring it in tomorrow."

Todos los alumnos estaban emocionados de ayudar a Jessica. Cuando ella llegó, todos los niños actuaron como si nada hubiese pasado.

All the students were excited to help Jessica. When she arrived, all the kids acted as if nothing had happened.

Cuando todos llegaron a sus casas, los niños hicieron los dibujos más hermosos que pudieron haber hecho. Algunos dibujaron cocodrilos, otros leones, incluso algunos dibujaron ballenas.

When everyone got back to their homes, all of the kids made the most beautiful pictures they had ever done. Some drew crocodiles, others drew lions, and some even drew whales.

La mañana siguiente, cuando Jessica llegó a la escuela, ella notó que todos sus compañeros estaban sonriendo emocionados. Ella no entendía lo que pasaba hasta que su maestra empezó a hablar:

The next morning, when Jessica arrived at school, she noticed all the students were smiling and excited. She did not really understand what was happening until the teacher began to speak:

"Jessica, los compañeros y yo tenemos una hermosa sorpresa para ti. Te hemos hecho algunos dibujos que puedes colocar como decoraciones en tu cuarto."

"Jessica, the students and I have a beautiful surprise for you. We have all made pictures for you to put up as decorations in your room."

Jessica estaba muy feliz. Ella descubrió los hermosos dibujos que hicieron sus amigos y estaba muy emocionada de ponerlos en su cuarto. Ahora Jessica estaba segura – le gustaba muchísimo su nueva escuela.

Jessica was really happy. She discovered the beautiful pictures her friends made and was excited to put them up in her room. Now Jessica was sure — she liked her new school a lot.

Christophe, el Mago Principiante – *Christophe, the Novice Magician*

Hoy, Christophe estaba muy emocionado por su cumpleaños. Se despertó temprano y su padre le hizo panqueques de chocolate para el desayuno. Durante toda la mañana, él estaba muy emocionado y esperaba impaciente su almuerzo de cumpleaños.

Today, Christophe is very excited because it is his birthday. He woke up early and his father made him some chocolate pancakes for breakfast. During the entire morning, he was very excited and waited impatiently for his birthday lunch.

Cuando llegó la hora del almuerzo, el niñito saludaba a sus invitados con una sonrisa. Su abuelo y su abuela, sus tíos y tías, y todos sus primos estaban allí. Sus amigos de clase y algunos vecinos también estaban allí.

When it was lunch time, the small boy greeted his guests with a smile. His grandfather and grandmother, uncles and aunts, and all of his cousins were there. His friends from class and a few neighbors were also there.

Ellos comieron en el jardín y todos estaban muy felices de estar ahí. Los adultos hablaron mucho y los niños jugaban y se divertían mucho. El pastel de cumpleaños era delicioso y Cristophe pidió una segunda porción.

They ate the meal in the garden and everyone was happy to be there. The adults talked a lot and the kids played and had a lot of fun. The birthday cake was delicious and Christophe asked for a second piece.

Finalmente, el momento que Cristophe estaba esperando había llegado. Él podría abrir sus regalos. Rompió las envolturas una por una y descubría magníficos regalos. Había juegos de construcción, rompecabezas, una raqueta de tenis, unos bonitos pantalones, y otros regalos fabulosos.

Finally, the moment that Christophe was waiting for finally arrived. He could now open his presents. He tore off the wrapping paper one by one and discovered marvelous gifts. There were construction games, puzzles, a tennis racket, some nice-looking pants, and a lot of other fabulous gifts.

Cristophe finalmente abrió su último regalo. ¡Que linda sorpresa! Sus padres le habían dado una caja de magia. Él empezó a imaginar que se convertía en un gran mago que haría espectáculos de magia frente a miles de espectadores.

Christophe finally opened the last present. What a nice surprise! His parents had given him a magic box. He was already imagining becoming a great magician who would do magic shows in front of thousands of spectators.

Poco tiempo después que se fueron sus invitados, Cristophe preguntó a sus padres:

A short time after his guests left, Christophe asked his parents:

"¿Puedo hacer un espectáculo de magia para mis amigos?

"Debes entrenar primero," respondió su padre.

"Las vacaciones empezarán pronto," dijo su madre. "Puedes entrenar en ese tiempo. Nosotros invitaremos a tus amigos antes del primer día de clases para que les enseñes tus talentos mágicos."

"¡Genial!" exclamó Christophe.

"May I do a magic show for my friends?"

"You must train first," responded his father.

"The holidays are starting soon," his mother told him. "You can train during that time. We will invite all your friends before the first day of school so you can show them your magical talents."

"That's great!" exclaimed Christophe.

Cada día que pasaba, el jovencito esperaba impacientemente que las vacaciones terminaran. Desde el primer día del feriado, él empezó a aprender trucos mágicos. Después de algunos días, él les enseño a sus padres su primer truco. Sus padres estaban muy impresionados, y lo animaban a seguir.

Each day that passed, the small boy waited for the holidays to end more impatiently. Since the first day of the break, he started to learn magical tricks. After only a few days, he showed his parents his first trick. His parents were impressed and they encouraged him.

Cristophe trató de dominar todos los trucos dentro de la caja mágica, incluso los más difíciles. Cometió algunos errores e incluso fallaba con unos trucos. Pero perseveraba en anticipación al espectáculo que quería dar.

Christophe tried to master all the tricks that were found in his magical box, even the most difficult ones. He made mistakes sometimes and failed certain moves. But he persevered in anticipation for the show he wanted to give.

El final del feriado se acercaba y Cristophe había dominado casi todos los trucos. Él estaba seguro que, en el día del espectáculo, todo saldría bien. Sin embargo, su mamá le preguntó un día:

The end of the holidays approached and Christophe had almost mastered all of his tricks. He was sure that the day of the show would go well. However, one day his mother asked him:

"Cristophe, ¿Qué atuendo de mago usarás?"

"Christophe, what magician clothes will you wear?"

Cristophe nunca se había preguntado esto y no sabía cómo responder.

Christophe was never asked that question and he did not know how to respond.

"No te preocupes mi niño, te encontraré una hermosa capa y un sombrero de mago."

"Do not worry my little boy, we will find a beautiful cape and a magician's hat."

Al día siguiente, los padres de Christophe lo llevaron a una tiendita que parecía estar hecha especialmente para magos. El encontró un sombrero y una capa que le quedaban bien.

The next day, Christophe's parents took him to a boutique that seemed to be specially made for magicians. He found a hat and a cape that fit him.

"¿Necesitas una varita mágica?" le preguntó el vendedor.

"No señor, yo ya tengo una con mi caja de magia," le respondió Cristophe.

"Do you need a magic wand?" the salesman asked him.

"No mister, I already have one in my magic box," responded Christophe.

El vendedor entonces le ofreció una bolita mágica y le enseño un pequeño truco que podía presentar. Los padres de Christophe estaban también de acuerdo en comprar la bolita para conveniencia del niñito.

The salesman then offered him a magician's ball and taught him a small trick he could present. Christophe's parents agreed to buy the ball as well, to the great delight of the little boy.

El gran día llegó. La madre y padre de Christophe pusieron banquitas y unas sillas en el jardín. Todos los invitados comieron sándwiches y tomaron jugo. Ellos empezaron a preguntar dónde estaba Christophe. Ellos no sabían que el aprendiz de mago estaba practicando sus trucos una última vez en su cuarto. Él aseguró que todos sus materiales estaban listos para la función.

The big day had arrived. Christophe's mother and father placed benches and some chairs in the yard. All the guests ate sandwiches and drank juice. They began asking where Christophe was. They did not know that the magician's apprentice was practicing his tricks one last time in his room. He checked to make sure all of his materials were ready to go.

El padre de Christophe fue a verle unos minutos antes del espectáculo. Cristophe tenía un poco de miedo de que sus trucos fallaran frente a sus amigos. Su padre le ayudó a ponerse la capa y su sombrero.

Christophe's father came to check on him a few minutes before the start of the show. Christophe was a bit scared to fail his tricks in front of all his friends. His father helped him put on his cape and his hat.

"Te ves bien, hijo. Tienes el aire de un pequeño mago," dijo su padre.

"You are dashing, my son. You have the air of a small magician," said his father.

Cristophe se llenó de coraje y sonrió. Luego, tomó todos sus accesorios al jardín.

Christophe mustered up his courage and smiled. Then, he took all of his accessories to the yard.

Cristophe esperó hasta que su madre le dio una señal para avanzar lentamente al lugar donde haría sus trucos. Sus amigos le aplaudieron.

Christophe waited until his mother gave him the signal to advance slowly to the place where he would do his tricks. His friends applauded him.

"Hoy, les enseñaré algunos trucos que nunca antes han visto," dijo Cristophe. "Primero, quisiera un voluntario."

"Today, I will show you some tricks you have never seen before," said Christophe. "First off, I would like a volunteer."

Uno de sus vecinos se le acercó. Cristophe le preguntó si podía perforar un globo sin reventarlo. Todos se empezaron a reír porque sabían que era imposible. El joven vecino lo intentó, y claro, el globo explotó.

One of his neighbors approached him. Christophe asked if he could pierce a balloon without popping it. Everyone else began to laugh because they knew it was impossible. The small neighbor tried and, of course, the balloon exploded.

Luego, con toda la atención de su público, Cristophe tomó una aguja y otro globo. Lentamente, empujó la aguja dentro del globo sin reventarlo. El escuchó a sus amigos suspirar en admiración y asombro antes de que empezar a aplaudir fuertemente.

Then, with undivided attention from the crowd, Christophe grabbed a needle and another balloon. Slowly, he pushed the needle into the balloon without popping it. He heard his friends gasp in admiration and astonishment before they began to applaud loudly.

Orgullosos de su éxito con su primer truco, Cristophe ganó un poco más de confianza y cada truco que hacía lo terminaba sin error. Todos sus espectadores estaban encantados con su espectáculo. Ellos aplaudieron al final de cada truco y no podían descifrar cómo lo hacía Cristophe.

Proud of his success with his first trick, Christophe gained more confidence in himself and each trick that followed was performed without a mistake. All of the spectators were delighted with the show. They applauded at the end of each trick and not one of them could figure out how Christophe was doing them.

"Este es mi truco final," anunció cristophe. "Me gustaría tener tres voluntarios."

"Here is my final trick," announced Christophe. "I would like three volunteers."

Tres amigos de su clase pasaron al frente, curiosos en saber qué papel jugarían.

Three friends from his class came forward, curious to know what role they would play.

"Le daré a cada uno una candela de distinto color," dijo Cristophe. "Me iré atrás y pondré mis manos en mi espalda. Uno de ustedes vendrá a poner la candela en mis manos. Luego, yo regresaré sin ver la candela, y adivinaré el color. Para enseñarles que soy un verdadero mago, lo haré tres veces."

"I am going to give each one of you a different colored candle," said Christophe. "I will step back and place my hands behind my back. One of you will come place your candle in my hands. Then, I will return, and without seeing the candle, I will guess your color. To show you I am a real magician, I will do this three times."

Cristophe se dio vuelta y uno de sus amigos puso la candela en sus manos. El novato mago se dio la cuenta y correctamente adivinó el color de la candela. Los espectadores aplaudieron. El pequeñito se dio vuelta por segunda vez y adivinó otra vez el color. Cuando hizo el truco por tercera vez, todo mundo se paró y aplaudió fuertemente.

Christophe turned around and one of his friends placed a candle in his hands. The novice magician turned around and correctly guessed the color of the candle. The spectators applauded. The little boy turned around a second time and guessed the correct color again. When he had accomplished the magic trick on the third correct guess, everyone stood up and clapped loudly.

Cristophe estaba muy orgulloso de sí mismo, y supo que algún día sería un gran mago.

Christophe was very proud of himself, and he knew that one day he would become a great magician.

Conclusion

Reading is a magical activity that can transport you to wonderful places without even having to leave your own home. I hope this book was able to do that for you. Even more, I hope you were able to improve your second language skills at the same time.

- Did your reading skills in Spanish improve as you went through the stories?
- Did your listening skills get better as you listened to the audio?
- Did you follow along and practice your pronunciation?

I hope you did, and I hope you had as wonderful a time with this book as I did in creating it for you. Here is a piece of advice I want to share with you:

1. Keep reading. It will enrich your mind and make you an even better version of yourself — better not only in school, but in life as a truly kickass individual!

2. Keep learning Spanish. It will open up so many doors for you, I promise. As long as you are on your language-learning journey, I will be here to help.

Merci,

Frédéric

How to download the MP3?

Go to this page: mydailyspanish.com/audio-bedtime-vol2/

If you face some issues.

Please contact me at contact@mydailyspanish.com

Made in the USA
Monee, IL
10 February 2020